पद्मश्री प्राण

मॉरिस हार्न, वर्ल्ड एन्सायक्लोपीडिया ऑफ कॉमिक्स के एडिटर ने कार्टूनिस्ट प्राण को 'वाल्ट डिज्नी ऑफ इंडिया' कहा है।

उनकी कॉमिक्स पीढ़ी दर पीढ़ी बढ़ते हुए नौजवानों की हमेशा साथी रही हैं। उन्होंने अपने कैरेक्टर्स 'चाचा चौधरी, साबू, श्रीमतीजी, पिंकी, बिल्लू, रमन' इत्यादि के मनोरंजन का भरपूर लुत्फ उठाया है। उनके 600 से ज्यादा टाइटल्स मार्केट में बिक रहे हैं और दर्जनों स्ट्रिप्स न्यूज पेपर्स में छप रहे हैं। चाचा चौधरी पर आधारित एक टी. वी. सीरियल के लगातार 600 एपिसोड तक एक प्रमुख चैनल पर दिखाए गए।

विश्व के कई देशों का भ्रमण कर चुके, प्राण को 'लिमका बुक ऑफ रिकॉर्ड्स' ने 'पीपुल ऑफ द ईयर अवार्ड' से सम्मानित किया है। 1983 में उनकी कॉमिक बुक- 'रमन, हम एक हैं' का विमोचन तत्कालीन प्रधानमंत्री श्रीमती इंदिरा गांधी ने किया।

प्रकाशक

पिंकी
असली चौकीदार

यह तो अपने मुहल्ले का चौकीदार है।
अंकल, क्यों परेशान हो ?
बच्चों की छुट्टियां हो गई हैं। वे एक दिन के लिए पिकनिक पर जाने की कह रहे हैं।
यह तो अच्छी बात है। ले जाओ उन्हें पिकनिक पर।

चला तो जाऊं। पर
मुहल्ले की चौकीदारी
का क्या होगा ?
एक दिन के लिए
मैं देख लूंगी।
सच!
फिर तो मैं जाता हूं।
चौकीदार को तुमने
पिकनिक पर भेज दिया।

अब मुहल्ले की चौकीदारी कैसे करोगी ?
मेरे पास एक आइडिया है।
आ..आ..हा !!!
भीखू !
तुम्हारे शानदार और जोरदार गायन की मैं कायल हो गई हूं। आज रात तुम मेरे साथ रहकर अपना गायन करोगे।
मंजूर।
www.chachachaudhary.com

आ..आह !!!
वाह !
आ..आह !!!
इतनी रात गए क्या हो रहा है पिंकी !
मुहल्ले की चौकीदारी हो रही है झपटजी !
चोर-उच्चकों को दूर रखने के लिए चौकीदार जागते रहो की आवाजें लगाता है। वही काम भीखू गाना गाकर कर रहा है।

पिंकी और अप्पू घर
पिंकी, देखो मैंने क्या बनाया ?
वाऊ ! झपटजी ! यह तो बिलकुल अप्पूघर जैसा एंयूजमेंट पार्क है।
सही कहा ! मैंने इसमें बच्चों की हर मनपसंद चीज का ध्यान रखा है।
कुछ देर में एक इंस्पेक्टर इसका इंस्पेक्शन करने आएगा और...
इस अप्पू घर को चलाने की इजाजत दे जाएगा।

तब तक मैं
जरा घूम लेती
हूं।
वाऊ! मैरी गो राउंड!
इसमें बैठकर
देखती हूं।

वाह, इसकी सीट तो मजेदार हैं।
खट!
अरे, यह तो चल गया।

यह सब तेरी शरारत है कुटकुट। झपटजी ने देख लिया तो आफत आ जाएगी।
बंद कर इसे कुटकुट।
प्लीज कुटकुट! कोई शरारत नहीं।
www.chachachaudhary.com

सब कुछ बहुत शानदार है।
सभी कुछ तैयार है, मैकेनिक साब।
यस।
बस यह लम्बी वायर जाइंट व्हील के ऊपर पहुंचा दूं, फिर सब ठीक हो जाएगा।
वायर को ऊपर पहुंचाने के लिए लंबी सीढ़ी का इंतजाम किया जा रहा है।

लंबी सीढ़ी की जरूरत नहीं है।
यह काम तो मेरी कुटकुट कर देगी।
पिंकी! तुम रहने दो।
आप मुझे मदद करने से मना नहीं कर सकते अंकल।
जाओ, कुटकुट, अपना काम करो।
© PRAN'S FEATURES

शाबाश
कुटकुट !
शाबाश नन्ही गिलहरी,
अच्छा काम किया।
शाबाश !
यह लो मेरी तरफ
से इनाम।
चीं !! चीं !!

चीं !!
चीं !!
ओह !
कुछ करना होगा,
वरना गड़बड़
हो जाएगी।

मैं इंस्पेक्शन के लिए तैयार हूं।
तभी कंट्रोल रूम से पिंकी की कुटकुट जाइंट व्हील का ऑन का बटन दबा देती है।
ON
OFF
जाइंट व्हील ने चलना शुरू किया...
जाइंट व्हील ओवर स्पीड से दौड़ रही है।
...क्योंकि पिंकी की कुटकुट ने पावर वायर गलत जोड़ दिए हैं।
तुम्हारे झूले ओवर स्पीड हैं, इसलिए इस पार्क का परमीशन कैंसिल।

Diamond TOONS
प्राण
चाचा चौधरी
और
स्वच्छ भारत

चाचा चौधरी और स्वच्छ भारत

गीता, लो।
मम्मी, मै भी जा रही हूं।
मैं तुम्हारे खिलौने से खेलूंगी।
जरूर।
बच्चों, शोर मत करो।
हम कहां जा रहे हैं ?
गुलजार बगिया में।

वह कितनी दूर है ?
आधा घंटा तो लगेगा।
मजा आ गया।
सब अपना-अपना सामान लेकर आ जाओ।
मनु, आओ फुटबाल खेलें।
चलो।

चाचाजी, खाने का समय हो गया है।
बच्चों, चलो लंच किया जाए।
चाचा जी, इन बच्चों ने बगिया को कितना गंदा कर दिया।

बहुत गलत बात है।
इन्हें आप सजा क्यों नहीं देते ?
सजा नहीं, सीख देनी होगी।
मनु, तुम ठीक कहते हो, यह गलत आदत है।
यह कूड़ाकिसने डाला ?
कूड़े को पहचाना। यह वही कूड़ाहै, जो तुमने पार्क में छोड़ाथा।

ओफ हो !
हमें यह पहले करना चाहिए था।
साफसुथरी जगह को तुमने गंदा कर दिया था।
इसका हम सबको ध्यान रखना होगा।
भविष्य में ये बच्चे गंदगी नहीं फैलाएंगे।
चलो बच्चों - सामने रखे तीनों रंग के डब्बों में अलगअलग कागज़ , बोतलें और बचा हुआ खाना डालो।

बच्चों, तुम्हें ऐसी जगह ले चलता हूं, जहां मशीन से कूड़े की खाद बनती है।
कहां, चाचाजी ?
बच्चों, बिना देर किए डगडग में बैठो।
पिंकी, बातें बाद में करना, पहले चलो।
भरत, इन्हें मशीन दिखाओ, कूड़ाकैसे खाद में बदलता है ?
कूड़े को मशीन में डाल देते हैं।
देखो, खाद बाहर आ रही है। यह बहुत उपयोगी है।

स्वच्छता अभियान शहरी विकास मंत्रालय का ही हिस्सा है।
बच्चों, सारे कूड़े को काम में लाओ। इससे बीमारियां नहीं फैलेंगी।
यह तो आम के आम गुठलियों के दाम हुए।
स्वच्छता अभियान तभी सफल होगा, जब हम सब अपने आसपास सफाई रखेंगे।
इसमें आप सबको सहयोग देना जरूरी है।
तुम सबको आसपास स्वच्छता रखने की शपथ लेनी चाहिए।
हम स्वच्छ ग्राही परिवार स्वच्छता रखने की शपथ लेते हैं।

स्वच्छ भारत
एक कदम स्वच्छता की ओर
सत्यमेव जयते
Ministry of Urban Development
Government of India
कम्पोस्ट अपनाओ,
फार्म हाउस में हरियाली लाओ.
• फार्म हाउस में कम्पोस्ट का इस्तेमाल कीजिए
• ये मिट्टी को उपजाऊ बनाती है
• इसे आप नज़दीकी फर्टिलाइज़र की दुकान से खरीद सकते हैं
कम्पोस्ट बनाओ, कम्पोस्ट अपनाओ.
अधिक जानकारी के लिए
1969
पर सम्पर्क करें

पिंकी और स्केट्स बोर्ड
पापा ने नया स्केट्स बोर्ड लाकर दिया है।
इसे थोड़ा चलाना सीखना होगा।
और ऐसा तुम तब कर पाओगी, जब देखोगी कि स्केट्स बोर्ड कैसे चलाया जाता है।

लाओ यह मुझे दो।
लेकिन स्पोर्टी ...!!
लेकिन... वेकिन कुछ नहीं। वेट...
एंड वॉच।
देखो।
यह देखो।

कल भी लेकर
आना।

अगले दिन...
एकदम सही टाइम
पर आई पिंकी,
मुझे तुम्हारा ही
इंतजार था।

बैठो और देखो
स्केट्स बोर्ड कैसे
चलाया जाता है ?
www.chachachaudhary.com

कल भी लेकर आना।
इस तरह तो मैं बोर्ड चलाना सीख ही नहीं पाऊंगी।
तुम ही कुछ करो, कुटकुट!
तुम कुछ करोगी कुटकुट?

शाबाश !
अगले दिन-
लाओ तुम्हारे स्केट्स बोर्ड।
आज मैं तुम्हें सिखाऊंगा कि फ्री स्टाइल बोर्ड कैसे चलता है।
इसके लिए बोर्ड को ऐसे रखो।
और ऐसे तेजी से भगाओ।
© PRAN'S FEATURES

आऊ !
खटाक !
आह !
आऊ ! यह स्केट्स बोर्ड घटिया है।
ले जाओ इन्हें। गुर्ररर !
तुमने बोर्ड के नट-बोल्ट ढ़ीले करके अच्छा किया कुटकुट !
नहीं तो मैं इस स्केट्स बोर्ड की सवारी के लिए कई दिनों तक तरसती रहती।

पिंकी फ्लाइंग बैलून
फ्लाइंग बैलून कम्पीटिशन
पता है हम फ्लाइंग बैलून कम्पीटिशन में हिस्सा ले रहे हैं।
है ना यह गौरव की बात।
बिलकुल है।
यह मेरा फ्लाइंग बैलून।

मैं बताऊं तुम्हें कि यह कैसे उड़ ताहै ?
मुझे मालूम है।
ऐसे बैलून हॉट एयर यानी गर्म हवा के सहयोग से उड़ ते हैं, जो गर्म होने के बाद नीचे की तरफ प्रेशर बनाती है।
जिसकी वजह से बैलून हवा में उड़ताहै।
अरे! तुम इतनी बातें कैसे जानती हो, पिंकी ?
© PRAN'S FEATURES

और यह है
मेरा बैलून।
ओह! इसका मतलब तुम्हारा इरादा
झपटजी से मुकाबला करने का है।
आप इस कम्पीटिशन में है,
तो ऐसा समझ सकते हैं।

झपटजी के सिवा यह कंपीटिशन और कोई नहीं जीतेगा।
देखते हैं
सभी तैयार।
यस!

धांय य!
हम तो चलें, झपट अंकल!
जाओ! जाओ!! हम तो उड़ते ही कहीं ऊपर होंगे। सबसे ऊपर।

इतना भरोसा। लगता है झपटजी पूरी तैयारी के साथ आए हैं।
हमें उनसे हर हाल में जीतना है।
अखरोट खाते हुए तुम बहुत आवाज कर रही हो कुटकुट!
तुम उधर जाकर अखरोट खाओ, मुझे पूरा ध्यान रेस में लगाने दो।

कड़ाक !
अब चलेगा
झपटजी का बैलून।

ऊपर।
सबसे ऊपर।
www.chachachaudhary.com

ફટ ટ!
ફટ ટ!

बेचारे झपटजी का बैलून।
फर्र्र्र्!
फर्र्र्र्!
!!
और बेचारे झपटजी।
गुर्र र्र!!!!

पिंकी और फिरौती
अंकल ! क्या आपने मेरी पालतू गिलहरी कुटकुट को देखा है ?
गिलहरी ?
..हां , आओ मेरे साथ। मैं तुम्हें उसके पास ले चलूं।
तुम्हारी गिलहरी उस मकान में गई है।
वैगन ! मैं बच्ची को फुसला लाया हूं।
यहां तो मेरी कुटकुट नहीं है। तुमने मुझे धोखा दिया।
लड़की ! तेरे घर का फोन नंबर क्या है ?
हमारे घर में फोन है ही नहीं। मेरे अंकल के पास है।
वही बता....
333325.
छानबान ! इसके अंकल को टेलीफोन करो कि अपनी भतीजी को छुड़ाने के लिए क्या वह पांच लाख की फिरौती देगा ?

हेलो ! तुम्हारी भतीजी हमारे कब्जे में है। क्या तुम उसे छुड़ाने के लिए दो लाख की फिरौती दोगे ?
नहीं !
उसने कहा नहीं।
उसे वार्निंग दो कि अगर पैसे नहीं पहुंचे तो हम उसकी भतीजी को मार डालेंगे।
क्या कहा ?
मेरे अंकल इतना जोर से बोले कि तुम्हारे साथी के कान के पर्दे फट गए। वह बहरा हो गया।
ठीक है। मैं ही उससे बात करता हूं।

वैगन! तुमने आने की तकलीफ क्यों की? मैं सामान तुम्हारे घर पहुंचा देता।
लाला! मुझे फोन करना है।
333325---तुम पांच लाख रुपयों का बैग बरगद के पेड़ के नीचे रखोगे- अगर वह नहीं मिला तो मैं इस लडकी को मार डालूंगा। बोलो, हां या न? जवाब ऊंची आवाज में न हो।
हां।
अक्ल आ गयी है।
थोड़ी देर बाद.
तुम्हारा अंकल तुम्हें बहुत प्यार करता है। तभी वह नोटों का बैग रख गया।
© PRAN'S FEATURES

पुलिस कहीं नजर नहीं आती। योजनाबद्ध सब ठीक है।
भागने की कोशिश न करना। वर्ना गोली मार दूंगा।
यह रुपए अब मेरे हैं।
आऊ!
ढिड़ाक क!
www.chachachaudhary.com

साबू अंकल! मैंने उसे तुम्हारा नंबर दिया था।
तुमने ठीक किया।
तुमने अपनी मौत बुलाई है।
मैं तुम्हें गोलियों से भून दूंगा।
ओह!
आओ, चलें।

___ ROT

RA ___

CAB ___ E

ZUC ___ I

TO ___ O

S ___ ACH

O ___

P ___

MU ___ D

___ KIN

PI ___ PLE

Fill in the blanks with the words BAG, CAR, CHIN, DISH, EAR, KIN, MAT, NEAP, PIN, PUMP, RANGE, STAR to reveal the names of 11 edible plants (mostly fruits and vegetables).

Fill in the blanks and send us back to win a surprise prize - write down the following details in block letter: Complete Name, Telephone Number with STD code (Mobile Number), Age, Place of Birth, Date of Birth, Gender, Email ID and Complete Postal Address with Pincode.

Discover Talent @ Diamond Toons

X-30, Okhla Industrial Area, Phase-II, New Delhi-110020

Ph.: 011-40712100, 40712200, E-mail: sales@dpb.in

₹ 50 48P

₹ 50 48P

Availabe in Hindi, English, Marathi, Gujarati & Bangla

₹ 50 48P

Chacha Chaudhary, Billoo & Pinki comics also available in Digest.

₹ 100 96P Size: 6.5"X9"

₹ 100 96P Size: 6.5"X9"

₹ 100 96P Size: 6.5"X9"

₹ 100 96P Size: 6.5"X9"

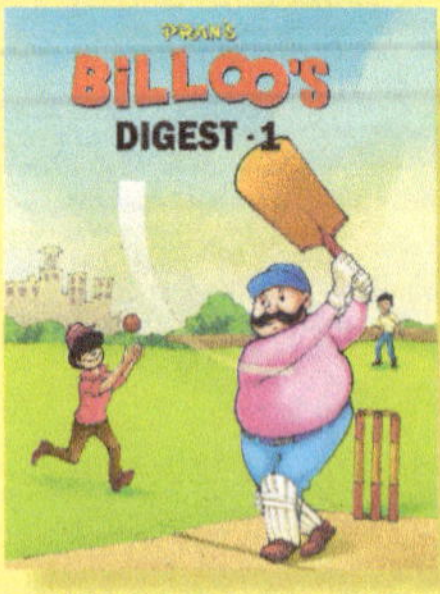

₹ 100 96P Size: 6.5"X9"

₹ 100 96P Size: 6.5"X9"

₹ 100 96P Size: 6.5"X9"

₹ 100 96P Size: 6.5"X9"

Diamond TOONS

X-30, Okhla Industrial Area Phase-II, New Delhi-110020, India

Tel.: 011-40712100, 40712200 Email: sales@dpb.in